Le Grand livre de l'horreur

Pour Philémon, qui a la chance d'avoir, tout comme Virgile,
un ami (très) poilu (même si ses oreilles sont un peu petites)
et plein de livres pour vivre une tonne d'aventures.

N.M.Z

22, rue Huyghens, 75014 Paris
www.albin-michel.fr

Loi n° 49-956 du 16 juillet 1949
sur les publications destinées à la jeunesse.

N. M. Zimmermann

Le Grand livre de l'horreur

Dans la demeure du docteur Jekyll

Illustrations de Caroline Hüe

· Albin Michel Jeunesse ·

Les personnages

Thalie : elle fait partie des Maîtres des livres. C'est elle qui a confié le *Grand Livre de l'Horreur* à Virgile.

Virgile : collégien passionné par tout ce qui fait peur, chargé de combattre le Maliseur et de sauver les classiques de l'horreur.

Lili : élève au collège de Virgile. Elle ne s'y connaît pas très bien en horreur, mais elle est très courageuse et pleine de ressources.

LGLH : *Le Grand Livre de l'Horreur* contient des fiches sur toutes les histoires horrifiques et leurs héros. C'est aussi le portail qui permet à son détenteur d'entrer dans les histoires d'horreur.

M. Hyde : double maléfique d'un certain docteur Jekyll, apparu à cause d'une mystérieuse potion. Violent et cruel, il provoque la terreur chez tous ceux qui le croisent.

Le Maliseur : ancien Maître des livres, il s'attaque aux grandes œuvres de la littérature pour les changer à jamais et diriger le monde de l'imaginaire.

Chaque fois
qu'une histoire est racontée,
un monde se crée. Un univers parallèle que
les Maîtres des livres ont pour mission de protéger.
Mais un jour, l'un d'entre eux a décidé de prendre
le contrôle de ces mondes et de les changer à jamais.
On l'appelle « le Maliseur ». Pour l'arrêter, il n'y a
qu'une seule solution : envoyer des héros dans les histoires
pour l'empêcher de réaliser ses plans maléfiques.
C'est ainsi que Virgile, un collégien passionné par tout
ce qui est horrifique, a été choisi par les Maîtres des livres
pour sauver les histoires les plus effrayantes.
Muni du Grand Livre de l'Horreur, *le portail*
menant à des mondes terrifiants, il tient à présent
le futur de l'épouvante entre ses mains.
Mais attention : il ne dispose que d'une heure,
et pas une minute de plus, pour vaincre le Maliseur
et retourner dans le monde réel. Passé ce délai,
il restera prisonnier du livre
à jamais…

Chapitre premier

– Par pitié, n'oubliez pas : si vous vous sentez malade, il y a un sac dans la pochette devant vous ! Compris ? demanda M. Beluga en levant un doigt menaçant.

Les élèves assis dans le car répondirent par un « ouiiii » sonore. Le professeur principal de Virgile, qui s'était chargé de rappeler les règles à respecter durant le voyage, hocha la tête.

– Alors, on est partis ! dit-il avant de rejoindre ses collègues à l'arrière du véhicule.

Le chauffeur démarra le moteur et Virgile se recroquevilla sur son siège, serrant son sac à dos contre son estomac et essayant d'éviter le coude pointu de son voisin, qui n'arrêtait pas de se retourner pour discuter avec les filles assises derrière eux.

Quand Virgile était en CM1, il était allé en classe de neige. Il tombait presque chaque fois qu'il avait des skis aux pieds, les garçons qui partageaient sa chambre s'étaient moqués de son pyjama « Monstre des ténèbres », et il avait fait très froid.

Virgile n'avait pas gardé un bon souvenir de cette expérience.

Alors quand son professeur principal avait annoncé qu'ils partiraient en classe de mer au mois de mai, il n'avait pas été très enthousiaste. Même s'il était à présent au collège, il n'avait pas plus d'amis qu'en primaire : les autres le trouvaient bizarre et l'évitaient. Il savait d'avance qu'il allait passer le séjour seul dans son coin.

Ensuite, il avait appris que plusieurs classes faisaient le voyage. Trois, pour être exact, dont la sienne… et celle de sa sœur, Mahaut.

En temps normal, la présence de sa sœur ne l'aurait pas trop dérangé. Mahaut avait treize ans et, contrairement à lui, elle était très populaire. Elle n'avait pas envie qu'on la voie avec son petit frère fan d'horreur, et en général, elle faisait comme si elle ne le connaissait pas. Virgile n'était même pas sûr que ses amis sachent qu'elle avait un frère.

Mais ça, c'était avant qu'elle le surprenne en train de sortir du *Grand Livre de l'Horreur* en pleine nuit. Heureusement, comme elle ne croyait pas au surnaturel, elle n'avait pas compris ce qu'elle avait vu. Bien sûr, elle n'aurait jamais pu imaginer que Virgile avait été choisi par les Maîtres des livres pour protéger les histoires d'horreur contre un sorcier maléfique. Encore moins qu'il pouvait être envoyé n'importe quand à l'intérieur d'une histoire effrayante par un livre servant de portail.

Vu le nombre de fois où Virgile avait trouvé sa sœur en train de l'espionner ou de fouiner dans sa chambre, elle avait quand même compris qu'un truc louche se passait. Et il était clair qu'elle ne le laisserait pas en paix de sitôt. Si on lui avait dit que Mahaut s'intéresserait un jour à lui à ce point-là, Virgile ne l'aurait jamais cru.

Il n'aurait pas pensé non plus que ça rendrait sa vie aussi difficile. Après tout, même si personne ne lui avait fait jurer de garder le secret au sujet de ses aventures, ce n'est pas le genre de chose qu'on crie sur les toits. Et Virgile ne voulait pas penser à ce qui se passerait si Mahaut découvrait la vérité et caftait à leurs parents. Ils confisqueraient *Le Grand Livre de l'Horreur*, c'était sûr ! Ils n'apprécieraient certainement pas que leur fils se batte contre des monstres imaginaires dans des histoires où il risquait de rester piégé à jamais s'il traînait trop à les sauver. C'était compréhensible. Néanmoins, le *Grand Livre* était à lui, et même s'il avait parfois très peur, il n'abandonnerait pas la mission qu'on lui avait confiée.

La surveillance de Mahaut l'obligeait à emporter le livre avec lui partout ou à le cacher, ce qui était plutôt compliqué : c'était un gros livre.

Virgile cala son sac sur ses genoux. *Le Grand Livre de l'Horreur* y prenait presque toute la place, et il était lourd. Mais pas question de le laisser à la maison pendant cinq jours, alors que le Maliseur pouvait passer à l'attaque à tout moment et que sa mère avait une fâcheuse tendance à entrer dans sa chambre pour « remettre de l'ordre ».

Le trajet en car paraissait interminable. Comme personne ne lui adressait la parole, Virgile n'avait pas grand-chose pour s'occuper. Il avait oublié sa montre, et ne pas avoir l'heure rendait l'attente encore plus longue. Il but du jus de fruits, essaya de lire sans réussir à se concentrer, et regarda discrètement sa sœur discuter avec ses amis. En se tordant le cou, il aperçut quelqu'un qu'il connaissait parmi les élèves de la troisième classe. C'était Lili, qu'il avait une fois entraînée avec lui par accident, dans l'histoire de Frankenstein[1] ! Il ne l'avait pas souvent vue depuis, mais elle lui adressait toujours un signe de la main quand ils se croisaient dans un des couloirs du collège. Virgile se sentit soudain un peu plus optimiste. Peut-être qu'il aurait l'occasion de discuter avec elle pendant la classe de mer. Ils ne se connaissaient pas vraiment, mais ils s'étaient plutôt bien entendus quand ils étaient dans le livre… Enfin, autant que possible quand on est occupé à fuir un monstre tueur.

Il était en train de tapoter sur son bras le rythme d'une chanson de *L'Étrange Noël de M. Jack* quand le car ralentit.

– On fait une pause pour midi, tout le monde descend ! N'oubliez pas vos sandwichs ! annonça le professeur de la classe de Lili.

Virgile se leva et sortit du car en tenant son sac devant lui. Lili lui adressa un sourire quand elle le remarqua.

1. Voir le tome 2 : *Dans le laboratoire de Frankenstein.*

– Qu’est-ce que tu as là-dedans, une enclume ? lui demanda M. Beluga en regardant son sac, alors que Virgile passait devant lui.

– Non, juste… des trucs, marmonna Virgile avant de rejoindre les élèves de sa classe en vitesse.

Il vit Mahaut l’observer d’un air soupçonneux. De toute évidence, elle n’allait pas le lâcher comme ça.

Virgile soupira. Il fallait juste tenir cinq jours. Ce ne serait pas pire qu’à la maison, il suffirait de trouver une bonne cachette dans sa chambre pour mettre le livre. Comme sous son matelas. De toute façon, sa sœur ne pourrait pas entrer dans une chambre de garçons.

Rassuré, il alla manger son sandwich dans son coin. Puis son professeur principal annonça que c’était le moment d’aller aux toilettes de la station-service, une classe à la fois, et que ce serait leur seule chance de se soulager jusqu’à la fin du voyage.

Virgile suivit les autres pour faire la queue, mais son professeur l'arrêta.

– On laisse ses affaires ici, indiqua-t-il en lui montrant les sacs empilés près de l'endroit où ils venaient de manger.

– Je préfère prendre mon sac avec moi, protesta faiblement Virgile.

Le professeur passa la main dans ses cheveux grisonnants, agacé. Le vent soufflait fort et le pauvre M. Beluga avait de toute évidence assez froid avec sa veste en jean et son tee-shirt.

– Personne ne va te le voler. Dépêche-toi, on n'est pas en avance ! dit-il.

Virgile jeta un coup d'œil vers la classe de sa sœur, dont les élèves terminaient de manger quelques mètres plus loin, puis à celle de Lili, qui revenait justement de la station-service.

Il n'allait laisser son sac qu'une minute.

Qu'est-ce qui pouvait bien arriver de grave ?

Chapitre deux

Malgré tout un peu inquiet, Virgile attendit son tour avec impatience. Dès qu'il se fut lavé les mains, il se précipita pour récupérer son sac.

Il n'était plus là.

Il le chercha frénétiquement. Sans succès. Qui aurait…

Pris d'une angoisse subite, il examina les élèves de la classe de Mahaut, qui se préparaient à se rendre eux aussi aux toilettes. Il ne voyait sa sœur nulle part !

Virgile partit à sa recherche d'un pas rapide. Si Mahaut abîmait le livre ou s'en débarrassait…

Il passa derrière la classe de Lili, essayant de ne pas se faire remarquer. Par chance, les professeurs s'occupaient d'accompagner les élèves aux toilettes ou discutaient entre eux, et ne prêtaient pas franchement attention à ce qui se passait autour d'eux.

Virgile commençait à désespérer quand il repéra Mahaut, dissimulée derrière le car. Le sac «Monstre de Frankenstein» de Virgile était posé à ses pieds et elle tenait *Le Grand Livre de l'Horreur* à deux mains, ouvert.

–Hé! rends-moi ça! C'est mes affaires! cria Virgile en courant vers elle.

Mahaut se tourna vers lui, mais ne parut pas gênée d'avoir été prise sur le fait. Rejetant ses cheveux en arrière, elle lui adressa un regard méprisant.

–Je n'arrive pas à croire que tu aies apporté ce vieux bouquin ici! s'exclama-t-elle. Après, ne t'étonne pas que les autres se moquent de toi. En plus, ce truc est pourri. Regarde, il y a tellement de poussière dedans qu'on a l'impression qu'il fume quand on l'ouvre ! ajouta-t-elle en secouant le livre.

En effet, un mince filet gris s'échappait des pages du livre. Virgile essaya de le lui reprendre, horrifié.

C'était bien de la fumée qui montait du livre : le portail conduisant aux histoires d'horreur était en train de s'activer ! Mahaut leva avec effort le gros ouvrage au-dessus de sa tête pour le mettre hors de portée de Virgile. Elle avait deux ans de plus que lui, et elle le dépassait de dix bons centimètres.

– Rends-le-moi tout de suite ! Dépêche-toi ! cria Virgile.

– Pourquoi ? Qu'est-ce qu'il a de si spécial, ce bouquin ? Dis-moi ton secret ou je le jette, menaça Mahaut.

Virgile s'accrocha à son bras, désespéré : dans moins de trente secondes, il serait transporté dans un monde terrifiant et si Mahaut restait à côté de lui, elle serait emportée elle aussi. Plus moyen de lui cacher la vérité, après ça !

Au moment où il perdait espoir, quelqu'un le heurta de plein fouet. Avant d'avoir compris ce qui se passait, il avait bousculé Mahaut, qui tomba par terre, lâchant le *Grand Livre*.

Il eut tout juste le temps de reconnaître Lili alors qu'elle ramassait le livre et partait à toutes jambes vers un groupe de caravanes garées plus loin sur le parking.

– Vite, cours ! cria-t-elle.

Les yeux fixés sur la longue tresse brune de Lili, qui, maintenue par une sorte de bandana rouge, se balançait au rythme de sa course, Virgile la suivit.

– Qu'est-ce que vous faites ? Vous êtes dingues ! Vous allez voir si je vous attrape ! cria Mahaut derrière eux.

Il avait à peine rejoint Lili entre deux caravanes que la fumée s'épaissit et noircit. Virgile posa une main sur la couverture du *Grand Livre*.

– Merci, dit-il. Tu me sauves la vie !

– Je sais, répondit Lili. Alors, où qu'on aille, essaye de ne pas me faire tuer.

Puis l'aire de repos disparut, avalée par un voile noir.

Chapitre trois

Lorsque l'obscurité se dissipa, Virgile et Lili étaient dans une pièce rectangulaire dépourvue de fenêtre. Seule une lampe à huile posée sur une étagère l'éclairait de sa flamme vacillante. Les murs étaient couverts d'étagères remplies de provisions et de vaisselle. Des ustensiles de cuisine, des casseroles ainsi que des moules en cuivre étaient accrochés à des clous, tandis que des jambons et des guirlandes d'ail étaient suspendus au-dessus d'une table. Deux portes se faisaient face.

Virgile se tourna vers Lili, mais alors qu'il ouvrait la bouche, elle l'attrapa par le bras et plongea sous la table, l'entraînant avec elle.

–Quelqu'un vient, murmura-t-elle en se recroquevillant dans l'ombre.

Virgile l'imita. Il avait à peine eu le temps de se cacher que l'une des portes s'ouvrit. Un homme aux cheveux grisonnants, habillé comme les domestiques dans les films historiques que la mère de Virgile aimait regarder à la télévision le soir, entra. Tenant une pile d'assiettes sales posées sur un plateau, il traversa le garde-manger à pas lents. Après avoir ouvert la seconde porte d'un habile mouvement de coude, il disparut dans une pièce qui semblait être la cuisine.

La porte se referma derrière lui et Virgile poussa un soupir de soulagement.

–Il faut qu'on sorte d'ici, murmura-t-il à LiLi. Essayons la porte par laquelle il est arrivé.

Lili acquiesça. Par précaution, ils attendirent quelques instants avant de sortir de leur cachette.

–Il vaut mieux qu'on rampe, au cas où, proposa Virgile.

Lili jeta un coup d'œil à sa robe blanche et haussa les épaules.

– D'accord. Le sol a l'air propre, de toute façon, dit-elle.

Ils s'approchèrent de la porte et Virgile se redressa pour entrebâiller le battant. Il n'y avait là qu'un couloir désert qui longeait l'escalier menant à l'étage.

– La voie est libre, souffla Virgile. Allons-y.

Ils avancèrent dans le couloir. Des éclats de voix et des bruits de couverts leur parvenaient. Plusieurs hommes discutaient et riaient quelque part à leur droite.

Virgile et Lili arrivèrent au pied de l'escalier, dans une sorte de grande entrée. Prenant garde de ne pas faire grincer le plancher, ils jetèrent un coup d'œil dans la pièce adjacente, d'où provenaient les voix. Six hommes, qui semblaient tous avoir dépassé la cinquantaine, buvaient et mangeaient en discutant autour d'une table. La pièce était très grande et basse de plafond, dominée par une immense cheminée dans laquelle ronflait un feu. Même de là où il se trouvait, Virgile en sentait la chaleur.

Il fronça les sourcils. La scène n'avait rien d'horrifique ou d'extraordinaire. Si la présence malveillante du Maliseur n'avait pas fait courir des frissons glacés le long de sa colonne vertébrale, il aurait pensé que le *Grand Livre* l'avait envoyé là par erreur.

– On ne peut pas rester ici, le majordome va revenir, lui souffla Lili à l'oreille.

Virgile examina une dernière fois les convives. Ils paraissaient détendus et heureux. Soudain, un homme imposant à l'air distingué eut comme un spasme. L'espace d'un instant, son visage se tordit d'une façon indescriptible. Il semblait souffrir, mais la grimace qu'il avait faite était étrange. Son voisin de table, un homme aux cheveux blancs, se pencha vers lui avec sollicitude.

– Allez, dépêche-toi ou on va se faire prendre, dit Lili à ce moment-là en tirant Virgile vers l'escalier avant qu'il puisse en voir davantage.

Agacé, Virgile la suivit. Il devait malgré tout reconnaître qu'elle avait raison : si les personnages les surprenaient, ils passeraient pour des voleurs et on les emmènerait au commissariat avant qu'ils aient pu corriger l'histoire. Sans parler de trouver le portail qui les ramènerait chez eux.

Le temps qu'on les relâche, s'ils ne finissaient pas enfermés des années dans une horrible prison à l'ancienne, ils seraient coincés dans ce livre jusqu'à leur mort.

Ils montèrent l'escalier et, l'étage étant apparemment désert, ils se dissimulèrent derrière la rambarde pour observer ce qui se passait en bas.

La lune était visible par la fenêtre surplombant le palier, suspendue dans le ciel nocturne.

– Bon, où est-ce qu'on est ? se demanda Virgile à voix haute.

– Tu te poses cette question beaucoup trop souvent, fit remarquer Lili. En tout cas, j'espère que rien ne viendra nous manger.

– Ne m'en parle pas, j'ai failli terminer en pâtée pour dinosaures dans *Jurassic Park*[2] il n'y a pas si longtemps.

Il regarda autour de lui. Le domestique qu'ils avaient vu plus tôt passa en contrebas, apportant du vin dans la salle à manger.

– Je n'aurais jamais cru dire un truc pareil, mais ce qui m'inquiète, c'est que cet endroit ne fait pas peur du tout, ajouta Virgile. Je n'entends aucun bruit louche, il y a des gens et de la lumière et…

– Qui êtes-vous ? Que faites-vous ici ?

Virgile eut à peine le temps d'apercevoir la femme de chambre qui se tenait sur le seuil d'une pièce de l'étage, qu'une bourrasque glaciale s'engouffra dans la maison. Toutes les lampes s'éteignirent et ils furent plongés dans le noir.

– J'ai parlé trop tôt, soupira Virgile.

---

2. Voir le tome 3 : *Sur l'île de Jurassic Park.*

Chapitre quatre

Virgile et Lili se sauvèrent à tâtons de l'autre côté du palier. Ils devaient se cacher avant que quelqu'un ne rallume les lampes !

– Bon sang, mais que se passe-t-il ? cria une voix d'homme.

– Des voleurs, monsieur ! Ils étaient là, sur le palier, répondit la femme de chambre.

– Sara, c'est vous ? On n'y voit goutte… Dépêchez-vous de nous trouver de la lumière et quelqu'un pour vous aider à rallumer les chandeliers ! Poole, allez chercher la police pendant que nous fouillons la maison ! reprit l'homme.

– Bien, monsieur, répondit un homme.

Virgile avançait à l'aveugle, gardant une main sur le mur pour se guider. Ses doigts finirent par buter sur une poignée, et Lili et lui entrèrent dans une chambre. Elle était baignée par la lueur de la lune, qui s'infiltrait par une grande fenêtre, et on distinguait la forme d'un lit et de meubles. Ils refermèrent doucement la porte derrière eux.

– Vite, dans le placard, murmura Lili.

Ils se cachèrent derrière les vêtements qui y étaient suspendus. La porte du placard ne se fermait pas complètement, et Virgile pouvait observer la pièce déserte par l'entrebâillement des deux battants.

– On ne pourra pas rester là longtemps, dit Virgile. C'est trop dangereux.

– Oui, mais il faut qu'on découvre dans quelle histoire on est et ce que le Maliseur y a changé avant de décider quoi faire, pas vrai ?

Lugubre, Virgile acquiesça.

– Jusqu'ici, je ne reconnais rien, avoua-t-il.

Clairement, on est chez des gens vieux et riches et dans un passé pas trop lointain, mais pas très proche non plus, vu qu'ils n'ont pas l'électricité. Le nom qu'on a entendu, c'était « Poole », et la seule Poole dont je me souvienne, c'est une femme dans *Jane Eyre*. Mais *Jane Eyre* n'est pas une histoire d'horreur ! Enfin, pas vraiment…

– Moi, ça me dit quelque chose, dit Lili.

Ils se turent tous les deux : quelqu'un montait l'escalier. Le bois des marches craquait, et des voix d'hommes se donnaient des indications alors qu'ils fouillaient la maison. Virgile regrettait déjà son choix de cachette. Ils auraient dû essayer de regagner le rez-de-chaussée au moment où la maison était plongée dans le noir… Mais pour aller où ? Ils ne pouvaient pas quitter la demeure sans savoir ce qu'ils devaient faire.

Il avait l'impression de sentir le Maliseur se moquer de lui. Cette fois-ci, s'en tirer n'allait pas être simple.

Des pas rapides approchaient. Soudain, la porte de la chambre s'ouvrit et un homme entra, une bougie à la main. Virgile reconnut celui qui avait l'air d'avoir mal au ventre pendant le dîner.

L'homme referma précipitamment derrière lui. Poussant un cri étouffé, il avança en titubant vers l'armoire, mais s'effondra avant de l'atteindre. Il s'agrippa à une commode alors que son corps était secoué de spasmes et de mouvements désordonnés. La bougie tremblait avec violence dans sa main, menaçant de s'éteindre et éclairant par intermittence ses yeux exorbités et injectés de sang ainsi que sa bouche ouverte par laquelle s'échappaient des halètements souffrants.

« Un loup-garou », pensa Virgile avec fascination. Ça ne pouvait être que ça !

Le visage de l'homme devint noir et ses traits se tordirent jusqu'à se transformer complètement. Tout son corps se mit à rétrécir, mais il n'y avait là ni poils ni grandes dents.

Lorsque l'individu se redressa, il s'agissait toujours d'un homme. Un homme plus jeune, beaucoup plus petit et mince, qui flottait dans ses vêtements et dont le visage parut horrible à Virgile, sans qu'il soit capable de déterminer pourquoi.

Même si ce n'était pas logique, il avait le sentiment que ce qu'il avait devant lui était pire qu'un loup-garou.

Un sourire étira les lèvres de l'homme et il éclata de rire, levant la bougie pour examiner la pièce. Virgile sentit Lili attraper son bras. Elle tremblait. Elle avait manifestement aussi peur que lui.

– Où se cache-t-on, alors ? demanda l'homme à voix haute. Il ne faut pas qu'on nous trouve, pas vrai ?

Il parlait avec un fort accent. Le genre d'accent que les gens ont dans les vieux films en noir et blanc. Il ricana et se pencha pour regarder sous le lit. Son allure aurait pu être ridicule, avec son pantalon qui traînait par terre et le veston dont les manches dissimulaient à présent ses mains. Mais il émanait de lui une telle méchanceté que Virgile n'arrivait pas à le trouver drôle à regarder.

– Pas là, commenta l'homme à mi-voix.

Il retroussa le bas de son pantalon et ses manches, puis se débarrassa de ses chaussures pour se déplacer plus commodément. Il fit un tour sur lui-même et se dirigea vers la porte de la chambre. Tous les muscles de Virgile se tendirent : plus que quelques mètres et ils seraient sauvés !

« Sors ! Va-t'en et dis aux autres que tu n'as rien trouvé ! Dépêche-toi ! », pria-t-il en silence.

Mais alors que Virgile se croyait tiré d'affaire, l'homme fit volte-face. Il alla regarder derrière les rideaux en produisant plusieurs claquements de langue. La bougie qu'il tenait bien haut projetait des ombres terribles sur son visage.

Puis il s'approcha de l'armoire et l'ouvrit d'un geste brusque.

Virgile aurait juré sentir son estomac se liquéfier de terreur.

–Ahah! s'écria l'homme. Regardez ce que nous avons attrapé!

Il se remit à rire, ravi de sa découverte. Virgile jaillit de l'armoire et le percuta avec violence. Désarçonné, l'homme trébucha et tomba en arrière. Virgile et Lili se précipitèrent vers la porte. Il y avait d'autres personnes à leur recherche, mais Virgile préférait affronter n'importe qui plutôt que cet affreux petit homme.

Virgile avait la main sur la poignée quand Lili poussa un cri. L'homme l'avait attrapée par la cheville et la tirait en arrière. Elle tomba d'un coup.

L'homme n'arrêtait pas de rire et c'était le son le plus glaçant que Virgile ait jamais entendu.

Avec un cri de guerre, Virgile se jeta sur lui tandis que Lili se sauvait à quatre pattes.

–Jekyll, où diable êtes-vous ? Tout va bien ? appela une voix depuis le couloir au même moment. Ah, ce qu'il fait noir… Et ces satanées bougies qui n'arrêtent pas de s'éteindre. Je ne

comprends pas d'où vient ce vent. Lanyon, fouillez donc cette pièce.

Les voix se rapprochaient et le docteur Jekyll parut un instant décontenancé… Docteur Jekyll, ou plutôt M. Hyde, songea Virgile. Car c'était à présent certain : Lili et lui avaient atterri dans le célèbre roman de Robert Louis Stevenson, *L'Étrange Cas du docteur Jekyll et de M. Hyde*, l'histoire d'un scientifique qui invente une potion le transformant en Hyde, son double maléfique.

Virgile profita de la distraction de Hyde pour lui échapper. D'un bond, il rejoignit Lili, qui ouvrit la porte. Un homme aux cheveux blancs apparut de l'autre côté. Virgile souffla la bougie que l'homme tenait et le repoussa d'une bourrade pour passer. Il avait mauvaise conscience de maltraiter un homme âgé, mais c'était un cas d'extrême urgence.

Il attrapa la main de Lili et ils coururent dans le noir vers l'escalier.

– Ils sont là ! Attrapez-les ! cria l'homme aux cheveux blancs derrière eux.

Virgile trouva la rampe à tâtons et s'y accrocha alors qu'il posait le pied sur la première marche.

Soudain, une force invisible le poussa violemment dans le dos, l'envoyant rouler en bas de l'escalier. Lili, dont il tenait toujours la main, fut entraînée avec lui.

Chapitre cinq

Virgile eut à peine le temps de réaliser ce qui se passait qu'il était étalé de tout son long en bas de l'escalier. Il ne sentait rien, ce qui, s'il en croyait son expérience, signifiait qu'il allait avoir vraiment mal plus tard. Par chance, un épais tapis avait amorti leur chute. Il regarda derrière lui : la lune éclairait juste assez pour qu'il puisse voir que personne ne l'avait poussé.

Lili se releva en silence. Les hommes qui les pourchassaient, invités et domestiques, étaient répartis dans toute la maison. Mais maintenant que Virgile et Lili savaient que le monstre était là, pas question de quitter les lieux.

Lili indiqua d'un geste le garde-manger d'où ils étaient partis. Ils se mirent immédiatement en marche et retrouvèrent leur cachette sous la table.

–On est dans *L'Étrange Cas du docteur Jekyll et de M. Hyde*, de Robert Louis Stevenson, chuchota Virgile.

–Oui, j'avais deviné, répondit Lili d'un ton agacé.

–Il faut que je t'avoue un truc, ajouta-t-il.

–Quoi ?

Virgile n'avait pas besoin de la voir très clairement pour deviner qu'elle plissait les yeux d'un air menaçant, qui n'était pas sans rappeler celui qu'affichait sa sœur quand elle était contrariée.

–Jelaipaslu, lâcha-t-il si vite que ça ressemblait à une formule magique.

Il s'attendait à ce que Lili se mette à crier. Voire à ce qu'elle lui mette son poing dans la figure. Elle se contenta de renifler avec mépris.

–Et tu te prétends spécialiste de l'horreur ? C'est l'un des plus grands classiques du genre !

–Je sais ! Je l'ai à la maison, et j'avais l'intention de le lire… C'est juste que ça avait l'air un peu ennuyeux et du coup, je n'ai pas arrêté de remettre à plus tard. J'ai vu le film de Stephen Frears avec Julia Roberts, mais il paraît que ce n'est pas du tout comme dans le livre ! Et maintenant, on va être coincés là pour toujours. Ou on va mourir, ajouta-t-il d'une voix tremblante en prenant conscience de la situation.

Comment avait-il pu être aussi stupide ? Ce n'était même pas un gros livre, et il était si célèbre qu'il était évident que le Maliseur s'y attaquerait !

Par sa faute, Lili et lui allaient…

–Tu as de la chance que Mme Bazin nous ait fait faire une fiche de lecture dessus, répondit Lili.

–Oui, c'est… Quoi ? Tu l'as lu ? Et tu t'en souviens ? demanda Virgile, ayant du mal à continuer de murmurer.

– Bien sûr ! Je suis bonne élève, tu sais, affirma Lili. On est dans la maison du docteur Jekyll. Je pense que tu connais les grandes lignes. Le docteur veut se débarrasser de l'aspect « mauvais » de sa personnalité. Pour ça, il invente une potion. Mais quand il la boit, il se transforme en M. Hyde, un homme entièrement mauvais qui fait des tas de trucs moches. Il n'y a pas de scène de dîner au début du roman, alors on doit être après le passage où Hyde a tué un vieux type à coups de canne. Par contre, il ne se transforme jamais en Jekyll devant personne, donc c'est ça que le Maliseur a changé.

– Oh, ça a l'air moins ennuyeux que je ne le croyais, remarqua Virgile.

– C'est tout ce que tu trouves à dire ? Il est recherché pour meurtre, alors il va sûrement essayer de se cacher des amis du docteur Jekyll. Si quelqu'un s'aperçoit qu'il est là, ça risque de mal finir : il n'a aucune intention d'aller en prison, et s'il doit tuer un autre personnage pour l'éviter, il n'est pas du genre à se gêner.

– Alors, il faut qu'on retransforme Hyde en Jekyll pour que personne ne découvre qu'ils ne font qu'un ? demanda Virgile. Il faut qu'il boive une potion, c'est ça ?

– Oui, j'imagine.

– Super, dit Virgile, soulagé. Mais c'est marrant, j'imaginais Hyde plus grand. Dans les films, il n'est jamais aussi petit.

– Jekyll pense que c'est parce qu'il est gentil, en général, expliqua Lili. Du coup, la part « méchante » de lui-même est réduite. C'est pour ça que Hyde est plus jeune et plus petit que lui.

– C'est logique. Enfin, en quelque sorte. Où est la potion ?

– Dans le cabinet de Jekyll. Je sais y aller. Le problème…

– C'est que des tas de gens, dont un tueur psychopathe, nous cherchent, termina Virgile.

– Ben oui. Et Hyde me fait super peur. Je suis prête à parier que je vais entendre longtemps son rire dans mes cauchemars.

Virgile ressentait la même chose, mais il n'était pas près de l'avouer.

– Tu as l'heure ? demanda-t-il. On est arrivés il y a environ un quart d'heure, et il ne faut pas qu'on traîne si on ne veut pas rester coincés là.

– Non, j'ai oublié ma montre, répondit Lili.

– Oh, moi aussi, avoua Virgile, un peu inquiet. À mon avis, on devrait…

Des cris lointains l'interrompirent.

– Vous ! Que faites-vous ici ? Où est le docteur Jekyll ? Venez m'aider à attraper cet homme, c'est ce maudit…

La voix se tut et Virgile grimaça. Il ne voulait pas savoir ce que Hyde était en train de faire à ses invités.

– On y va, décida-t-il. On ne peut plus attendre, c'est trop risqué.

Lili s'extirpa de sous la table sans hésiter et ils s'approchèrent de la cuisine.

– J'espère qu'il n'y a personne, ici, murmura-t-elle.

Ils n'eurent pas le temps d'y réfléchir : la porte derrière eux s'ouvrit et Hyde apparut, brandissant une lampe à huile allumée.

Il s'était débarrassé de son veston et il y avait des taches sur sa chemise blanche. Des taches rouges.

– Ahah ! Vous voilà !

Lili se précipita dans la cuisine, Virgile sur ses talons.

– Vous n'essayez pas de fausser compagnie à ce bon vieux Hyde, pas vrai ? cria-t-il, à leur poursuite. On s'amuse tellement ! Cet imbécile de docteur Jekyll ne sait pas recevoir, alors que moi…

Des domestiques étaient réunis devant un poêle à charbon. Ils les dépassèrent sans ralentir pour atteindre la porte de service, malgré les glapissements que poussa l'une des femmes à leur passage. Si Hyde les rattrapait, ils étaient fichus !

L'air glacial du dehors frappa Virgile en plein visage dès qu'ils quittèrent la maison. Lili et lui portaient tous les deux des vêtements légers, mais il était évident que dans cette histoire, on était en plein hiver.

Ils se trouvaient dans une cour entourée d'un mur de pierre. À quelques mètres de là, une porte à peine visible dans cette obscurité donnait sur un deuxième bâtiment. De la fumée s'échappait de la cheminée qui le surmontait, et trois fenêtres gardées par des barreaux d'acier étaient alignées à l'étage. Claquant des dents, les deux enfants traversèrent la cour au pas de course.

– Le cabinet du docteur Jekyll est là-haut, dit Lili en indiquant les fenêtres.

– Allons, ne partez pas si vite ! beugla Hyde en faisant irruption dans la cour à son tour.

Les ombres que sa lampe projetait sur le sol remuaient comme une armée d'insectes.

– Accélère ! cria Virgile à Lili.

Ils se précipitèrent dans le deuxième bâtiment, Hyde marchant derrière eux du pas mesuré de celui qui sait que sa proie ne peut pas lui échapper.

Chapitre six

Le choc de sa chute dans l'escalier commençait à se faire sentir et Virgile avait mal partout, à présent. Il était sûr que c'était pareil pour Lili. Mais ce n'était pas le moment de se plaindre.

Il n'entendait que le bruit de leurs pas et leurs souffles haletants dans le noir, puis le grincement de la porte par laquelle ils étaient entrés et la démarche assurée de Hyde derrière eux.

Ils se trouvaient dans une pièce encombrée. La hanche de Virgile heurta une table, et des objets s'entrechoquèrent. Ils émergèrent finalement dans une immense salle surmontée d'un dôme de verre. La lune éclairait juste assez pour qu'ils distinguent une sorte de scène entourée de bancs en bois sur plusieurs rangées. On aurait dit le genre d'endroit dans lequel les étudiants ont cours dans les films.

– C'est l'amphithéâtre. Il faut le traverser et monter les marches pour rejoindre le laboratoire de Jekyll, dit Lili.

Ils avançaient tant bien que mal, ne cessant de trébucher sur un sol jonché de cartons et de paille.

– On y est presque, l'encouragea Lili.

Virgile avait un mauvais pressentiment. On le poussa dans le dos et il manqua perdre l'équilibre. Il jeta un coup d'œil par-dessus son épaule. Hyde trottinait bien derrière eux avec une joie sinistre, mais il était trop loin pour les atteindre. Ce n'était pas Lili non plus qui l'avait bousculé.

Non, c'était certainement le Maliseur qui ne cessait d'utiliser ses pouvoirs magiques pour le faire tomber et d'envoyer des bourrasques dans sa direction pour lui faire rater sa mission. Virgile serra les dents, décidé à ne pas se laisser déconcentrer.

Une douzaine de marches menaient à une porte couverte de tissu rouge. Ils l'ouvrirent, dissipant l'obscurité.

La pièce dans laquelle ils pénétrèrent était bordée de vitrines, et un miroir sur pied était placé près d'un bureau en bois sombre. Un feu vif brûlait dans la cheminée et une lampe était posée sur le manteau de celle-ci. Ils étaient arrivés ! C'était le cabinet du docteur Jekyll !

Lili verrouilla la porte avec la clef qui se trouvait dans la serrure.

– Tu penses que ça suffira à retenir Hyde ? demanda Virgile avec appréhension.

– Dans le livre, la serrure est très solide, répondit Lili. Un serrurier et un menuisier mettent plusieurs heures à en venir à bout lorsqu'un ami de Jekyll doit entrer en son absence.

– Génial. Occupons-nous de trouver la potion.

Mais Virgile ne pouvait s'empêcher de surveiller la porte. Tout ça était louche : Hyde avait à peine essayé de les rattraper et ils touchaient déjà au but. Faire boire la potion à Hyde pour qu'il redevienne Jekyll serait compliqué, mais le Maliseur les avait laissés arriver à destination sans trop de problèmes.

Virgile avait assez d'expérience avec *Le Grand Livre de l'Horreur* pour savoir que sauver une histoire n'était jamais simple.

Il fit de son mieux pour se concentrer sur la tâche qu'il devait accomplir. S'inquiéter ne servirait à rien.

– Tu as une idée de l'endroit où Jekyll range sa potion ? demanda-t-il à Lili.

– Il la prépare chaque fois qu'il en boit. Je ne sais pas si c'est parce qu'elle ne se conserve pas bien, mais je ne crois pas qu'il en ait en stock. Il va falloir la faire nous-même.

– Ah, c'était trop beau pour être vrai, marmonna Virgile. On est coincés là pour je ne sais pas combien de temps à jouer aux petits chimistes, alors que…

– Oui, oui, le portail pour rentrer dans notre monde va disparaître et on restera ici jusqu'à notre mort. Arrête de râler et viens m'aider : il doit y avoir une vitrine déverrouillée. J'ai oublié laquelle c'est, mais il y a un tiroir dedans avec des sachets remplis de poudre et des flacons.

Elle tentait sans succès d'ouvrir la première quand la poignée de la porte s'agita avec violence.

Virgile pâlit : Hyde était de l'autre côté, et il essayait d'entrer !

Il y eut une série de coups sourds contre le battant, puis de nouveau le silence. Les pas s'éloignèrent.

– Il s'en va ? s'étonna Virgile.

– Il va sûrement prendre son temps, répondit Lili. Dans le livre, Hyde adore faire peur aux gens. Je ne serais pas étonnée qu'il fasse traîner les choses le plus longtemps possible avant de…

Elle ne finit pas sa phrase, mais son expression en disait long : s'il en avait l'occasion, Hyde les tuerait sans état d'âme. Virgile frissonna et reprit ses recherches avec énergie. Arrivé à la cinquième vitrine, il trouva enfin ce qu'ils cherchaient.

– Je l'ai ! annonça-t-il avec excitation en posant le petit tiroir plein d'objets sur le bureau.

Il crut entendre un cri de frustration et, dans une bourrasque, le feu s'éteignit, les plongeant de nouveau dans le noir.

Virgile sentit le désespoir l'envahir. Il serait impossible de fabriquer la potion si le Maliseur s'amusait sans cesse à éteindre la lumière !

– Attends, j'ai un porte-clefs qui fait lampe de poche, dit Lili.

Elle fouilla dans ses poches, puis un mince faisceau de lumière éclaira le tiroir. Il contenait des paquets fermés, un cahier et plusieurs fioles. Virgile décacheta un paquet et versa de la poudre blanche sur sa main.

– On dirait du sel, fit-il remarquer.

Il prit le cahier pendant que Lili s'emparait d'une fiole à moitié remplie de liquide rouge.

– C'est la recette ? demanda Virgile.

– Non, il ne l'a écrite nulle part. Dans mon souvenir, il faut mélanger du sel avec ce liquide. Ça doit fumer et devenir vert.

Lili s'éloigna, laissant Virgile dans le noir, puis revint avec un récipient et une petite baguette en verre.

– Tu n'as qu'à vider le sel là-dedans et ajouter le liquide au fur et à mesure en remuant, proposa-t-elle. Je vais t'éclairer.

Virgile venait à peine de verser la poudre quand ils entendirent de nouveau les marches de l'escalier craquer, à l'extérieur du cabinet.

Pourquoi Hyde était-il déjà de retour ? Il n'avait pas eu le temps de sortir de l'amphithéâtre pour aller chercher qui ou quoi que ce soit dans la maison principale.

Un objet frappa la porte. Fort.

Un second coup, et le bois de la porte se fendilla.

– Virgile ? appela Lili d'une voix tremblante.

– Quoi ?

– Je viens de me souvenir de ce que le docteur Jekyll garde dans l'amphithéâtre…

Elle n'eut pas besoin de terminer sa phrase : un bout de métal acéré apparut, traversant le battant.

Hyde avait trouvé une hache, et la porte ne tiendrait sans doute pas plus d'une minute ou deux.

Chapitre sept

–Il faut qu'on bloque la porte ! Aide-moi ! s'écria Virgile.

La potion, dont le rouge s'était intensifié, produisait à présent des bulles, et de la fumée s'en échappait. Virgile posa le récipient dans le tiroir et mit celui-ci par terre. Puis Lili et lui attrapèrent le bureau chacun par une extrémité et le placèrent devant la porte. Habituellement, Virgile n'était pas très athlétique, mais la peur lui donnait des ailes et il sentit à peine le poids du meuble.

–Ça ne tiendra pas longtemps, s'affola Lili en regardant la porte vibrer et se fendre sous les coups de la hache.

Elle alla récupérer la potion dans le tiroir et se remit à la mélanger. Le liquide avait viré au violet, et les bulles avaient totalement disparu.

– Est-ce que c'est censé ressembler à ça ? demanda Virgile.

Resté devant la table, il pesait de tout son poids sur elle dans l'espoir de retarder Hyde.

– Je ne sais pas, répondit Lili. Je ne sais même pas combien de temps on doit mélanger les ingrédients…, ajouta-t-elle d'un ton paniqué. Je me souviens juste que la potion devient verte quand elle est prête.

Virgile se crispa au son du rire de Hyde. C'était impossible, ils n'arriveraient jamais à faire prendre sa potion à ce monstre : il était beaucoup trop fort pour eux.

Soudain, une voix d'homme résonna de l'autre côté de la porte :

– Hyde, mais que diable faites-vous ? Le docteur Jekyll est-il dans son bureau ?

Virgile avait entendu cette voix à plusieurs reprises depuis leur arrivée. C'était l'un des invités du docteur Jekyll.

Hyde ne se laissa pas déconcentrer, cette fois, et continua à abattre sans relâche la hache sur la porte. Bientôt, le visage malfaisant du petit homme apparut par l'ouverture béante qu'il venait de créer dans le battant.

Mais à peine s'était-il montré que Hyde se retourna et s'éclipsa du champ visuel de Virgile. Des cris sauvages retentirent. Virgile comprit que Hyde était en train de se battre avec l'ami de Jekyll.

–Qu'est-ce qu'on fait ? demanda Lili. On ne peut pas laisser Hyde tuer cet homme… Ça modifierait trop l'histoire et on ne pourrait plus la rétablir… si ?

Virgile secoua la tête, dépassé.

–Je ne sais pas. Aucun personnage n'est jamais mort pendant que j'étais dans un livre. Normalement, quand on corrige l'histoire, les changements que le Maliseur a provoqués disparaissent… Mais de toute façon, je ne crois pas qu'on arrivera à s'en sortir sans avoir un personnage de notre côté.

Il regarda Lili, dont le visage bronzé paraissait anormalement pâle à la lumière de sa minuscule lampe de poche. Elle ressemblait à un fantôme.

–Il faut qu'on aille aider le vieux type, pas vrai ? demanda Lili.

–Je pense que ce serait mieux, dit Virgile, sans enthousiasme.

S'il n'avait pas envie qu'un personnage se fasse tuer, se précipiter vers Hyde pendant qu'il brandissait une hache dans une quasi-obscurité n'avait rien de très rassurant.

Un bruit de choc et un rire glaçant retentirent depuis l'amphithéâtre, puis le son de quelqu'un dévalant les marches.

–Je crois que le gentil est tombé dans les escaliers, murmura Lili.

Virgile se dépêcha d'écarter la table de la porte, puis il chercha une arme pour se défendre.

–Donne-moi la lampe de poche, j'ai une idée ! dit-il soudain.

Lili la lui remit, et ils contemplèrent la potion qu'elle avait gardée à la main, sans cesser de la remuer. Sa couleur était toujours en train de changer, et il était impossible de déterminer si elle évoluait vers le vert ou non.

– Protège la fiole. Fais attention à ne pas la renverser, dit-il.

Elle renifla avec hauteur.

– Je ne suis pas stupide… Alors, c'est quoi ton plan ?

Virgile s'empara du plus grand récipient qu'il trouva et se précipita vers la cheminée pour le remplir de cendres encore chaudes.

– Il va falloir le surprendre ou ça ne marchera pas, dit-il en rejoignant Lili pour les lui montrer. Je distrais Hyde, tu t'occupes de l'autre personnage et on se tire de là.

– Je crois qu'il y a une cave à laquelle on accède par l'amphithéâtre. On pourrait s'y cacher ? suggéra Lili.

Virgile réfléchit un instant. Il aurait préféré s'éloigner de la maison, mais ils manquaient de temps et il valait mieux rester à proximité de Hyde jusqu'à ce que la potion soit prête. Après tout, il faudrait bien la lui faire boire, songea-t-il avec un frisson.

– D'accord, essayons ça, dit-il finalement.

Ils se collèrent à la porte pour regarder par le trou fait par la hache. On entendait des bruits confus de lutte : des chocs, des éclats de voix et, parfois, le rire nerveux de Hyde. En revanche, on ne voyait plus rien. La bougie de Hyde avait dû s'éteindre.

Virgile posa la main sur la poignée de la porte et observa Lili, dont les yeux noirs écarquillés paraissaient immenses. Il leva trois doigts en l'air, puis deux, puis un. Il respira à fond avant de tourner la clef dans la serrure et d'ouvrir la porte.

En bas des marches, une flamme brûlait encore dans une lampe renversée, sans doute apportée par le personnage que Hyde avait attaqué. Elle jetait des ombres confuses sur la scène.

Hyde était debout, balançant la hache de droite à gauche, tandis qu'un homme aux cheveux blancs était couché sur le dos, à ses pieds. On aurait dit un chat s'amusant avec sa proie avant de l'achever.

Avant d'avoir pu réfléchir, Virgile se précipita vers Hyde en hurlant. Hyde se retourna, surpris. Sautant les dernières marches, Virgile lui lança la cendre en plein visage.

Hyde poussa un cri perçant qui s'acheva dans une quinte de toux. Il moulina l'air de sa hache à l'aveuglette avant de la lâcher pour se frotter les yeux.

Lili était déjà agenouillée près du vieil homme, le tirant par la manche pour l'aider à se relever.

– Sales gamins ! Mes yeux ! Attendez un peu que je vous attrape, petits monstres ! hoqueta Hyde d'une voix rauque.

Virgile hésita avant d'éteindre la lampe à huile posée à terre et de la lancer le plus loin possible. Même s'il n'avait pas envie de se retrouver dans le noir, une trop forte lumière révélerait leur position.

Guidé par la faible lueur du porte-clefs de Lili, il la rejoignit et l'aida à remettre la victime de Hyde debout. Ils se glissèrent chacun sous un de ses bras.

L'homme parut sur le point de protester, mais son bras avait l'air cassé et il boitait trop pour marcher seul.

Aucun d'entre eux n'était en état de se mesurer à Hyde pour le moment.

– Allons-y, chuchota Virgile en jetant un regard nerveux dans la direction de Hyde, qui essayait toujours frénétiquement de se débarrasser de la cendre qu'il avait dans les yeux tout en toussant et en éternuant.

Ils s'éloignèrent vers les gradins, prenant garde de ne pas trébucher sur la paille et les cartons. Derrière eux, Hyde, les yeux fermés, poussa un rugissement de rage avant de monter à quatre pattes l'escalier menant au cabinet du docteur Jekyll.

– Il est parti chercher de quoi se rincer les yeux, murmura Lili.

– J'espère qu'il tombera sur de l'acide sulfurique, marmonna le vieil homme entre deux gémissements de douleur.

– Plus vite, il faut qu'on se cache, l'encouragea Lili.

– Vous êtes les voleurs, pas vrai ? Qu'est-ce qui me dit que vous n'êtes pas de mèche avec Hyde ? demanda l'homme, méfiant.

– On vient de vous sauver la vie, répliqua Virgile. Je comprends que vous ne nous fassiez pas confiance, mais on en reparlera quand on sera à l'abri.

Ils continuèrent à faire le tour de l'amphithéâtre en longeant le mur. Soudain, Lili s'arrêta.

– La porte, là ! Ça doit être la cave, chuchota-t-elle en braquant le mince faisceau de sa lampe devant elle.

Ils la rejoignirent le plus vite possible. Elle donnait sur un escalier plongé dans l'obscurité, menant à une pièce plus sombre encore qui sentait la poussière et l'humidité.

Ayant l'impression de se jeter dans la gueule du loup, Virgile entra et referma silencieusement derrière eux.

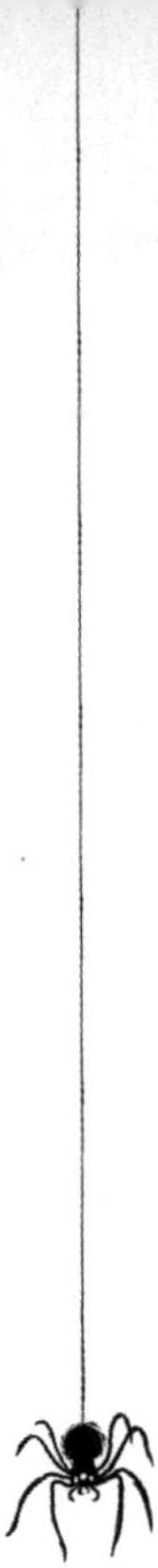

Chapitre huit

–Mais enfin, qui êtes-vous ? Que se passe-t-il ? demanda le vieil homme. Cette fripouille de Hyde a failli me tuer !

–Bienvenue au club, marmonna Virgile.

Lili et lui aidèrent l'homme à descendre l'étroit escalier de pierre. De longues toiles d'araignées poussiéreuses pendaient du plafond et des boîtes pleines à ras bord d'objets hétéroclites étaient empilées près d'une table recouverte d'un drap grisâtre.

–L'ancien propriétaire de la maison était chirurgien, expliqua Lili. Il faisait des opérations en public dans l'amphithéâtre et quand il est

mort, ses affaires ont été remisées à la cave. De toute évidence, Jekyll ne vient jamais ici, ajouta-t-elle en retirant une toile d'araignée collée à sa robe avec une grimace.

– C'est exact, confirma le vieil homme. Comment le savez-vous ? Et quelle est cette lampe bizarre que vous tenez…

Lili braqua la lampe vers le visage rougeaud de l'homme qui, vu de près, semblait plus jeune que ses cheveux blancs ne l'auraient laissé supposer.

– Ce serait trop compliqué de tout vous expliquer, dit Virgile. Le truc important, c'est qu'on a une potion et qu'il faut absolument que Hyde la boive. D'ailleurs…

Il baissa les yeux vers la potion que Lili tenait toujours.

– Tu ne l'as pas renversée, hein ?

– Bien sûr que non, s'offusqua Lili. Regarde !

Elle leva le verre gradué vers la lumière. La potion était verte. Virgile poussa un soupir de soulagement : au moins, ils avaient réussi à la préparer.

– Je ne comprends pas, dit l'homme. Qu'est-ce que c'est que ça ? C'est…

Il s'interrompit et plissa ses yeux bruns.

– C'est encore une des expériences bizarres de Jekyll, pas vrai ? Je lui répète sans arrêt qu'il faut qu'il arrête de jouer avec la science. Un jour, ça finira par lui causer des ennuis.

Lili renifla.

– Vous n'avez pas idée, dit-elle. Vous êtes le docteur Lanyon ?

L'homme parut sur le point de lui demander encore une fois comment elle savait ça, mais il renonça et se contenta d'acquiescer. Virgile le regarda bien en face et essaya de prendre un air sincère : il n'arriverait pas à terminer sa mission sans son aide.

– Je sais que tout ça n'a pas de sens pour vous, mais il faut que Hyde boive ce qu'il y a là-dedans, dit-il en indiquant la potion. C'est une question de vie ou de mort.

– Je ne peux pas faire ça sans raison. Et Hyde doit être remis à la police ! Il a tué un homme ! protesta Lanyon.

La lumière de la lampe torche fonça et jaunit d'un coup. La pile devait faiblir, depuis le temps qu'elle était allumée.

Penser aux minutes qui s'écoulaient donnait des palpitations à Virgile. Depuis combien de temps étaient-ils là ? Une demi-heure ?

Quarante-cinq minutes ?

Quel délai avaient-ils avant que le portail de retour ne disparaisse ?

– Alors, où sommes-nous cachés ? Je commence à vous chercher à trois, rugit soudain la voix de Hyde depuis l'amphithéâtre. Un ! Deux ! Et… trooooοiiiiis ! J'arriiiiiive !

– Ce diable d'homme, murmura Lanyon en essuyant la sueur qui perlait sur son front. Il va tous nous tuer.

Lili l'attrapa par le bras.

– Docteur, aidez-nous, le supplia-t-elle. Si Hyde ne prend pas cette potion, une chose horrible va arriver. De toute façon, pour vous comme pour nous, l'important, c'est de l'arrêter.

– On n'a aucune mauvaise intention, je vous le jure, insista Virgile. En plus, ce n'est pas comme si on pouvait s'enfuir : quelqu'un est allé prévenir la police, et la maison est pleine de gens qui sont à nos trousses.

Depuis l'amphithéâtre, on entendait des coups sourds. Virgile imaginait Hyde frappant le sol et les murs du manche de sa hache pour les effrayer.

Cela fonctionnait très bien sur lui. Il n'avait jamais eu autant envie de voir ses parents ou un professeur. Ou même sa sœur ! Il n'avait que onze ans, pourquoi était-ce à lui de s'occuper d'un tueur fou ?

– En admettant que je décide de vous aider, je ne vois pas comment maîtriser Hyde, sans parler de lui faire avaler quelque chose, répondit enfin Lanyon d'un ton hésitant.

Virgile prit sa tête à deux mains, essayant de réfléchir. Il y avait une solution, il devait y en avoir une !

Hyde n'accepterait jamais de boire quoi que ce soit et avec le docteur Lanyon blessé, il serait très difficile de l'y forcer.

Virgile examinait la table au drap grisâtre et les cartons remplis des affaires de l'ancien propriétaire de la maison quand une idée lui vint : l'ancien propriétaire était chirurgien !

– Docteur Lanyon, vous sauriez reconnaître et utiliser les produits qui se trouvent dans ces cartons, pas vrai ? demanda-t-il.

– Bien entendu, répondit le docteur, perplexe.

– Si le chirurgien opérait des gens ici, il devait avoir de quoi faire une anesthésie ! expliqua Virgile avec excitation.

Une idée affreuse lui traversa l'esprit. Faisait-on des anesthésies au XIXe siècle, ou en était-on encore au stade où les gens mordaient dans une ceinture pour supporter la douleur pendant qu'on les ouvrait avec un couteau rouillé ? Cette époque n'était pas si ancienne…

Heureusement, le docteur Lanyon parut comprendre où il voulait en venir.

Il boita d'un air décidé vers l'un des cartons.

– C’est la première chose sensée qui sort de votre bouche, jeune homme ! Allons, aidez-moi. Venez éclairer par ici, petite ! ajouta-t-il en direction de Lili.

Lili ne parut pas ravie d’être appelée « petite », mais elle s’exécuta sans protester. Les pas de Hyde se rapprochaient et il ne s’amuserait pas à les effrayer éternellement.

– Qu’est-ce qu’on cherche ? demanda Virgile en s’attaquant à un premier carton.

– Un liquide transparent dans une bouteille étiquetée « éther », répondit le docteur Lanyon. C’est très efficace, en respirer un peu suffit à provoquer des vertiges et une confusion mentale.

– Parfait. C’est exactement ce qu’il nous faut, déclara Lili.

Elle posa la potion hors du passage, puis elle se joignit à la chasse à l’éther.

Il y avait là tout un bric-à-brac. Virgile vida plusieurs cartons sur le sol, doucement pour ne rien casser, et examina leur contenu.

– Ahah ! Je crois avoir entendu trois petites souris ! tonna soudain la voix de Hyde.

La porte de la cave s'ouvrit et l'effrayant individu apparut, brandissant à la fois une lampe, qu'il avait récupérée dans le cabinet, et sa hache.

Un sourire terrifiant étira ses lèvres et il referma la porte. Virgile n'arrivait pas à détourner le regard de la créature. Lili lui donna un coup de coude.

– C'est pas le moment de jouer les fans d'horreur, le pressa-t-elle. Secoue-toi !

– Prises au piège, les petites souris ! s'exclama Hyde, ravi.

Virgile sentit le sang se glacer dans ses veines, alors qu'il se replongeait dans les affaires du chirurgien.

Ils étaient en compagnie de l'homme le plus effrayant du monde, et seul un flacon introuvable pouvait leur sauver la vie.

Peut-être que ce flacon n'existait même pas !

Chapitre neuf

Lili, Virgile et le docteur Lanyon poursuivirent leur recherche désespérée alors que Hyde descendait l'escalier, tapant la hache contre le mur de pierre à chaque pas, dans un «clang, clang» glaçant.

Virgile saisit un flacon au hasard et l'ouvrit après avoir vérifié qu'il ne s'agissait pas d'éther. Au moment où Hyde s'approchait, il en lança le contenu vers son visage. Le petit homme l'esquiva avec une rapidité surprenante.

–Je ne me laisserai pas avoir deux fois par le même truc, gamin, dit-il. Pas la peine de résister, c'est fini pour vous!

Se tenant devant Virgile, il leva la hache. Virgile aurait juré que sa vie défilait devant ses yeux.

Dire qu'il n'avait jamais visité la tombe maudite d'un pharaon ou vu le monstre du loch Ness ! En y réfléchissant, il avait passé presque tout son temps à l'école, ce qui apparaissait maintenant comme un beau gâchis.

Au moment où la hache allait s'abattre, Hyde poussa un glapissement. Virgile ne se rappelait pas avoir fermé les paupières, mais il dut les ouvrir pour voir ce qui se passait. Lili s'était précipitée vers Hyde et lui avait asséné un coup sur le crâne avec un instrument en métal. Virgile préférait ne pas imaginer à quoi il servait dans un contexte médical.

Hyde porta la main à sa tête. Quand il la tendit devant lui, elle portait des traces de sang.

– Ça, tu vas me le payer, gamine ! cria-t-il.

Virgile se jeta en avant et passa ses bras autour de la taille de Hyde. Il pesa de tout son poids et Lili en profita pour saisir le manche de la hache. Hyde s'y accrocha mais, déséquilibré, il finit par atterrir lui aussi sur le sol. Sans perdre une seconde, Virgile se mit à califourchon sur ses jambes. Lili écrasa la main de Hyde le plus fort possible sous son talon pour lui faire lâcher son arme. Virgile ne put réprimer une grimace en entendant un craquement et le hurlement de douleur de Hyde qui s'ensuivit.

–Docteur Lanyon ! Vous trouvez quelque chose ? hurla Virgile tandis que Hyde se débattait.

Il regarda par-dessus son épaule. Le docteur examinait le contenu d'une boîte en bois.

–Attendez, je pense que ça pourrait être là-dedans, répondit Lanyon. Ce chirurgien était plutôt ordonné.

–Qu'est-ce que vous mijotez, tous les trois ? vociféra Hyde d'une voix stridente, sans parvenir à se dégager. Je ne vous laisserai pas faire. Personne ne m'arrêtera ! Pas cet imbécile de Jekyll, et vous encore moins !

Il se mit à ruer contre Virgile, se tordant comme une anguille.

–Ah, je l'ai ! s'écria le docteur Lanyon.

Mais à ce moment-là, une bourrasque violente souffla dans la cave. La table couverte d'un drap bougea, comme poussée par une main invisible (la main du Maliseur, songea Virgile), et percuta une pile de lourds cartons. Ceux-ci frappèrent le docteur Lanyon de plein fouet. La fiole lui échappa et se brisa en mille morceaux contre le sol.

–Non ! cria Virgile.

Hyde profita de la confusion pour dégager sa main et renverser Virgile. Une fois au-dessus de celui-ci, l'affreux petit homme passa ses mains autour du cou de Virgile et serra. Lili attrapa le bras de Hyde pour le faire lâcher, mais il était trop fort.

Soudain, on entendit du vacarme à l'extérieur de la pièce.

Virgile croisa le regard du docteur Lanyon et vit son visage s'éclairer. C'était la police ! Virgile aurait lui aussi été ravi de les voir arriver s'ils avaient été dans la vraie vie. Là, ça n'arrangeait pas du tout ses affaires.

–Nous sommes ici ! Venez nous aider ! cria Lanyon. Au secours !

Avec un grognement, Hyde libéra Virgile, qui se mit à tousser, peinant à retrouver son souffle.

– La paix, vieux débris ! lança-t-il au docteur en attrapant l'instrument métallique que Lili avait lâché pour aider Virgile.

Il bondit et frappa le crâne du docteur Lanyon, qui s'effondra sans un murmure. Il reporta ensuite son attention sur les deux enfants. Virgile s'était redressé, toussant toujours. Sa tête tournait et il avait mal à la gorge. Lili était immobile à ses côtés, hésitant entre attaquer et fuir.

Ils n'avaient plus le temps de jouer au chat et à la souris, d'autant que les voix dans l'amphithéâtre se rapprochaient dangereusement. D'une façon ou d'une autre, tout serait fini d'ici quelques minutes.

Virgile baissa les yeux vers la bouteille d'éther cassée et se tourna vers Lili.

–Je ne sais pas comment ça s'utilise, dit-il. Mais il faut qu'on trouve une solution ou on est mal.

Elle eut l'air de comprendre de quoi il parlait. Du moins, il l'espérait parce qu'ils n'auraient sans doute pas de seconde chance.

Virgile remplit ses poumons d'air, rassembla son courage et s'élança vers Hyde alors que celui-ci se baissait pour récupérer sa hache. Sa tête alla frapper l'estomac de l'homme et ils se retrouvèrent une nouvelle fois par terre.

Du coin de l'œil, il vit Lili défaire le foulard qui maintenait ses cheveux et courir vers l'endroit où la fiole d'éther avait explosé. Elle revint un instant plus tard et pressa le bandana imbibé d'anesthésique contre la bouche et le nez de Hyde, qui avait réussi à s'asseoir.

– Tiens-le bien ! ordonna-t-elle. Il faut qu'il le respire assez longtemps ou ça ne va pas marcher.

Après quelques instants, Hyde cessa de lutter et se mit à remuer bizarrement. Il pesait davantage contre Virgile, semblant avoir du mal à se tenir droit.

– Je vais enlever le foulard, prévint Lili.

Virgile se crispa, mais quand elle retira le tissu, Hyde demeura tranquille. Il laissa échapper

des mots incohérents et regarda autour de lui comme s'il ne comprenait pas où il se trouvait.

– Ça a marché ! s'enthousiasma Virgile. Il ne reste plus qu'à lui faire boire la potion !

C'est alors que la porte de la cave s'ouvrit, le battant cognant le mur. Un homme, portant un costume noir orné d'une rangée de boutons argentés et un drôle de chapeau en forme d'œuf, brandissait une lanterne et un bâton. Derrière lui, plusieurs hommes regardaient par-dessus son épaule.

– Police ! Qu'est-ce qui se passe ici ?

Virgile ravala un soupir. Dans les histoires d'horreur, rien ne se passe jamais comme prévu.

Chapitre dix

– Tiens-le bien, je vais chercher la potion, dit Lili d'un air résolu.

Hyde tanguait comme s'il était ivre et faisait des mouvements désordonnés. Virgile le fit asseoir avec difficulté, évitant de justesse le bras qui volait vers son visage.

– Ne bougez plus ! cria le policier. Lâchez cet homme !

– C'est M. Hyde, cria le domestique qu'ils avaient vu plus tôt porter leur dîner aux invités. Je le reconnais !

Les hommes se précipitèrent en bas de l'escalier alors que Lili revenait avec la potion.

– Mon garçon, lâche cet homme, dit le policier. C'est un dangereux criminel.

L'agent s'approchait d'eux avec précaution, les mains tendues devant lui, comme s'il essayait de calmer un animal sauvage.

– Tiens sa tête ! demanda Lili à Virgile. Ça devient urgent, ajouta-t-elle après un regard vers le policier.

Virgile attrapa la tête de Hyde et l'immobilisa du mieux qu'il put. D'un geste sûr, Lili pinça le nez de l'horrible personnage.

– Qu'est-ce que vous faites, les enfants ? Maintenant ça suffit !

Les policiers agrippèrent Lili et Virgile par le bras pour les écarter de Hyde, alors que d'autres domestiques se pressaient dans l'escalier avec curiosité. Une bourrasque s'engouffra dans la cave avec un sifflement et les objets qui se trouvaient dans la pièce se mirent à trembler de façon menaçante. Ils allaient être projetés vers eux d'un instant à l'autre !

Lili donna un coup de pied dans le genou de l'homme qui essayait de la maîtriser. Surpris, il la lâcha et elle en profita pour verser la potion dans la bouche de Hyde. Celui-ci s'étrangla et toussa. Une partie du liquide vert coula sur son menton et arrosa sa chemise. Virgile garda les yeux fixés sur son visage déplaisant, priant pour qu'il en ait avalé assez.

Puis, Hyde se brouilla telle l'image d'un téléviseur mal réglé. Son visage se déforma et il s'agita encore quelques secondes à la façon d'un pantin désarticulé, pendant que Lanyon et les nouveaux venus devenaient flous.

Enfin les personnages disparurent. L'histoire, telle que racontée dans le roman de Stevenson, avait repris son cours : la cave était à nouveau déserte, avec ses cartons empilés couverts de toiles d'araignées et le drap poussiéreux sur la table. Le docteur Jekyll devait être de retour dans la salle à manger avec ses invités et le majordome.

Lili poussa un soupir bruyant.

–On a eu chaud, souffla-t-elle. J'ai bien cru qu'on était cuits.

–Oui, moi aussi, murmura Virgile d'une voix rauque.

Il regarda autour de lui. Après avoir eu aussi peur, il fallait toujours un moment pour que son cerveau accepte qu'il était en sécurité et que l'adrénaline arrête de courir dans ses veines.

–Virgile, ça va? demanda Lili. Tu n'as pas l'air bien.

Virgile passa la main sur son front et découvrit qu'il était trempé de sueur, malgré le froid.

–C'est rien, dit-il en se dirigeant vers l'escalier. Rentrons chez nous.

Lili le suivit en braquant la petite lampe électrique devant elle. La lueur était faible, à présent, mais ce n'était pas très grave. Le danger était passé.

Virgile peinait à s'en convaincre. Il se sentait encore mal à l'aise. La disparition du Maliseur n'avait pas provoqué le soulagement qui l'envahissait habituellement quand l'histoire était rétablie.

Bien sûr, il était épuisé et couvert de bleus. Il avait mal partout. C'était sans doute aussi le cas de Lili, après les aventures mouvementées qu'ils venaient de vivre. Mais il y avait autre chose.

–J'espère que les profs n'auront pas remarqué notre absence, dit Lili. Tu crois qu'on a disparu longtemps ?

–Non, répondit Virgile. Je n'ai jamais vérifié, mais d'après les autres voyages que j'ai faits avec *Le Grand Livre de l'Horreur*, j'ai l'impression que le temps ne s'écoule pas de la même manière, ici. Je dirais qu'une heure dans une histoire représente peut-être cinq ou dix minutes dans le monde réel.

Lili ouvrit la porte qui menait à l'amphithéâtre, pensive.

–Alors, ici on vieillit beaucoup plus vite que dans le monde réel ? Ou… est-ce qu'on arrête de vieillir quand est dans un livre ? Est-ce qu'on pourrait passer des années dans un roman en ayant toujours onze ans ?

Virgile cligna des paupières.

– Je n'y avais pas réfléchi, avoua-t-il. De toute façon, je ne peux pas rester plus d'une heure dans une histoire avant d'être coincé dedans pour toujours, alors j'espère que je n'aurai pas l'occasion de le découvrir !

L'idée d'avoir éternellement onze ans dans le monde de *L'Étrange Cas du docteur Jekyll et M. Hyde* était assez horrifiante. Il était content de penser qu'il regagnerait bientôt le monde réel.

Mais il avait à peine mis un pied dans l'amphithéâtre qu'une forme noire surgit de nulle part. Elle l'attrapa à la gorge et le poussa brutalement contre le mur, lui coupant le souffle.

Chapitre onze

– Encore toi ? siffla son agresseur.

C'était un homme, grand. Il portait une cape noire dont la capuche était rabattue si bas que, dans l'ombre, il ne semblait pas avoir de visage.

Virgile sut tout de suite de qui il s'agissait.

– Le M-Mal…, bégaya-t-il.

Il baissa les yeux. La main qui appuyait sur sa gorge était sèche et froide, et la peau qui dépassait du costume sombre était blanche comme celle d'un vampire. La gorge de Virgile était douloureuse après sa lutte avec Hyde, et il peinait à articuler quoi que ce soit.

Il n'allait pas falloir compter sur lui pour chanter autour du feu de camp quand ils seraient de retour dans la classe de mer !

Lili essaya de venir à son aide, mais le Maliseur fit un geste de la main dans sa direction et une bourrasque la projeta en arrière.

– Virgile ! glapit-elle. Virgile ! Laissez-le ! Laissez-nous tranquilles, espèce de sale type !

Virgile agrippa les avant-bras du Maliseur, qui se brouillèrent et devinrent transparents.

– Arrête de te mêler de ce qui ne te concerne pas, dit le Maliseur. Si je te croise encore une fois, tu vas le regretter. Cette peste de Thalie et toi ne devriez pas mettre votre nez dans mes affaires. Tu as compris ?

Il parlait lentement et semblait faire un effort pour articuler chaque son. Petit à petit, il devenait de plus en plus transparent. Enfin, les mains de Virgile traversèrent ses bras.

– Je te préviens…

Avant qu'il ait pu finir sa menace, il s'effaça complètement.

– Virgile, ça va ? C'était quoi, ça ? s'enquit Lili en le rejoignant dès que le vent s'arrêta.

– C'était le Maliseur, dit Virgile d'un ton sombre.

Maintenant que la présence oppressante du Maliseur s'était dissipée, il se sentait mieux. Ça ne l'empêchait pas d'être inquiet.

– Je croyais qu'il disparaissait dès que l'histoire retrouvait son cours normal ? s'étonna Lili.

– Oui, en théorie, répondit Virgile en fronçant les sourcils. On dirait que l'histoire a eu du mal à se débarrasser de lui… Enfin, ce n'est pas le moment de penser à ça. Il faut trouver le portail, et vite. Une idée ? demanda-t-il à Lili.

Plissant les yeux, elle joua avec sa longue tresse, qui se défaisait à présent que le foulard qui la maintenait en place avait été retiré.

– Il faut que ce soit un objet important du livre qui se trouve dans le coin, c'est ça ? vérifia-t-elle.

– Oui. Je ne connais pas assez bien l'histoire pour savoir quoi, dit Virgile avec regret. Le seul objet qui me vienne à l'esprit, c'est la potion, et ça ne peut pas être ça puisque Jekyll la prépare au moment où il la boit.

– Hum… Alors, l'espèce de sel qu'il met dedans ? hasarda Lili. C'est important dans le roman : la raison pour laquelle la potion agit est que le sel utilisé a une sorte d'impureté spéciale. En fait, il passe la fin du roman à faire acheter du sel à ses domestiques pour essayer de retrouver le même…

Elle monta les marches menant à la porte tapissée de tissu rouge, qui était de nouveau intacte.

– De toute façon, le portail est forcément dans le bureau du docteur Jekyll. Les autres pièces de la maison ne sont presque pas mentionnées dans le texte.

Virgile entra dans le cabinet avec soulagement. C'était presque fini : il ne restait plus qu'à toucher le bon objet pour retourner dans le monde réel.

Après avoir été poursuivi par un assassin fou armé d'une hache, même cinq jours de classe de mer avec sa sœur, Mahaut, et sans aucun ami ne paraissaient plus si terribles.

– Dépêchons-nous, dit Lili. Je pense qu'il ne nous reste pas beaucoup de temps.

Elle ouvrit la vitrine et le tiroir qui contenait les ingrédients de la potion. Virgile et elle posèrent leurs mains sur un paquet de sel. Rien ne se passa.

– Il faut peut-être toucher directement le sel ? dit Virgile.

Il décacheta le paquet et mit sa main à l'intérieur, sans plus de résultat.

– Oh, je n'aime pas ça, murmura Lili. Comment est-ce qu'on sait si on a dépassé l'heure ?

– Aucune idée, répondit Virgile, qui touchait tout ce que contenait le tiroir alors qu'un nœud d'angoisse se formait dans son estomac.

Ils étaient si près du but. Ils avaient survécu à un vent surnaturel, à M. Hyde et au Maliseur !

– Réfléchis, dit-il à Lili d'un ton pressant. Il y a forcément un truc que tu as oublié. Concentre-toi !

Elle lui lança un regard noir.

–Arrête de t'énerver sur moi ! Ce n'est pas ma faute si tu n'as pas lu le livre !

Virgile toussa un peu. Sa gorge lui faisait très mal.

–Tu as raison. Excuse-moi, dit-il. Essayons tous les objets.

Ils commencèrent à toucher tout ce qui se trouvait dans la pièce. En remarquant le miroir, Virgile pensa un instant détenir la clef de l'énigme, mais ce n'était pas ça non plus.

–Un objet important. Un objet important. Un objet, murmurait Lili en posant la main sur la cheminée.

–Raconte-moi l'histoire, dit Virgile. Du début.

–Eh ben, c'est l'histoire du docteur Jekyll, un scientifique qui a créé une potion pour se débarrasser de son côté mauvais et devenir un homme meilleur. Mais elle le transforme en Hyde, son double maléfique, dit Lili. Pour que personne ne se doute que Hyde et lui sont la même personne, il dit à ses domestiques que M. Hyde est un ami à qui il a donné une clef de la maison et qui peut venir quand il le souhaite…

Elle poussa un soupir et se remit à tripoter ses cheveux, ce qui semblait être un tic nerveux. Sa tresse était complètement défaite à ce stade, et ses cheveux bruns lui tombaient jusqu'à la taille.

– En fait, l'histoire n'est pas racontée par Jekyll. C'est son notaire et ami qui le fait, continua-t-elle.

– D'accord, c'est bien, dit Virgile. Comment l'histoire commence ?

Lili fronça les sourcils.

– Le notaire, j'ai oublié son nom, rencontre son cousin ou son neveu, je ne sais plus. Et ce type lui raconte qu'il a vu un homme bizarre frapper une petite fille à coups de pied. C'est Hyde dont il parle, ajouta-t-elle.

– J'avais deviné, répondit Virgile en levant les yeux au ciel.

– Oui, bon, dit Lili, agacée. Bref, des gens attrapent Hyde et lui demandent de payer la famille de la petite fille pour la dédommager. Il n'a pas l'argent sur lui, alors il va jusqu'à une porte toute vieille et sale. Ah ! s'exclama-t-elle.

Elle attrapa Virgile par le bras et l'entraîna vers l'amphithéâtre.

– Quoi ? Où on va ? demanda Virgile, trébuchant à sa suite.

– Une porte, c'est un objet, non ? L'histoire commence au moment où le notaire s'arrête devant la porte avec son cousin-oncle-truc. Je me souviens que Mme Bazin nous a expliqué que la porte est une image importante du livre !

– Comment ça ? demanda Virgile hors d'haleine, alors que Lili le forçait à faire le tour de l'amphithéâtre en courant.

– Ben, tu vois, Jekyll, c'est le gentil. Il a une belle maison avec une belle porte propre qui donne sur un square, dit Lili, elle-même un peu essoufflée. Hyde, c'est son côté méchant. Lui, il vient seulement dans ce bâtiment-ci et il entre par une porte moche et sale, qui ouvre sur une ruelle dégoûtante. Dans le roman, la plupart des gens ne savent même pas qu'on peut passer par cette deuxième porte pour aller chez le docteur Jekyll.

– Et elle est où, cette porte ?

– Au bout du couloir qui part de l'amphithéâtre. Juste là ! dit-elle en tendant la petite lampe droit devant eux.

À ce moment-là, le sol sembla s'incliner sous leurs pieds. La lampe électrique clignota et s'éteignit. Aussitôt, une violente lumière blanche illumina brièvement l'amphithéâtre. Une fois, deux fois, trois fois…

– On dirait un compte à rebours, remarqua Virgile d'une voix étranglée.

Il attrapa plus fermement la main de Lili et ils s'engouffrèrent dans le couloir comme si un démon mangeur d'enfants était à leurs trousses.

Sept fois, huit fois…

Virgile se prit les pieds dans le lacet défait de sa chaussure. Déséquilibré, il plongea en avant et fonça dans la porte tête la première, entraînant Lili à sa suite.

Chapitre douze

La porte s'évanouit dans un nuage de fumée noire dès que Virgile la toucha. Quand Lili et Virgile purent de nouveau voir clair, ils étaient de retour sur le parking de l'aire de repos où s'était arrêté leur car.

Virgile laissa échapper un souffle tremblant.

– C'était super effrayant, dit-il. Hyde est plus affreux qu'un zombie.

– Je sais ! s'exclama Lili. C'était génial !

– Ah oui ?

Virgile observa ses longs cheveux noirs emmêlés, ses vêtements couverts de poussière et de toiles d'araignées et les bleus sur ses genoux.

Elle lui adressa un sourire éclatant.

–Je suis content que ça t'ait plu, dit-il, surpris. Je pensais que tu m'en voudrais de t'avoir entraînée là-dedans. On a failli rester coincés, tu sais. Il était vraiment moins une.

Il ramassa son sac à dos, qui était étonnamment léger.

–Mince, le livre ! s'écria-t-il.

–C'est ça que tu cherches, jeune homme ?

Une vieille femme avec un chignon sur la tête, d'où s'échappaient des tas de mèches de cheveux rouges, le regardait depuis la fenêtre d'une des caravanes qui bordaient l'aire de repos. Elle lui tendait *Le Grand Livre de l'Horreur*.

–Je l'ai mis à l'abri, une jeune fille un peu trop curieuse traînait dans le coin…, ajouta-t-elle.

–Thalie ! s'écria Virgile. Vous tombez bien !

–C'est qui, cette dame ? murmura Lili.

–Elle fait partie des Maîtres des livres qui protègent les histoires, lui répondit Virgile en approchant de la caravane. C'est elle qui m'a donné *Le Grand Livre de l'Horreur*.

– Oooh, et je ne vais pas avoir de problèmes ? Ta mission est secrète, non ? demanda Lili.

Virgile haussa les épaules et s'approcha de Thalie.

– Cette fois-ci, le Maliseur était encore là après que l'histoire a été rétablie, s'écria-t-il. Il m'a attaqué directement ! Je croyais qu'il ne pouvait pas faire ça !

Thalie soupira et tapota le châle qui couvrait ses épaules, par-dessus la robe jaune qu'elle portait.

– J'en ai été informée. Il semble qu'il ait trouvé le moyen de renforcer sa présence dans les histoires qu'il essaye de s'approprier… Nous étudions la question, mais c'est tout de même inquiétant.

– Hé, vous deux ! Qu'est-ce que vous faites ? On vous cherche partout ! cria le professeur Beluga, surgissant au détour d'une caravane.

Il s'approcha à grands pas, l'air furieux. Thalie s'était soudain transformée en jeune fille blonde ! Elle sourit au professeur en remettant le gros livre à couverture de cuir noir à Virgile.

– Pardon, il me montrait juste son livre, dit-elle. Vous feriez mieux d'y aller, ajouta-t-elle en direction de Virgile et de Lili.

Le professeur les regarda, les sourcils levés.

– Qu'est-ce qui vous est arrivé ? On dirait que vous vous êtes battus dans un aspirateur !

– On a eu un petit accident, répondit Virgile. Je suis tombé dans un fossé et Lili a dû venir m'aider.

– Un fossé ? Quel fossé ? répéta le professeur. Bon… dépêchez-vous ! On a encore de la route à faire, on va être en retard, dit-il finalement, abandonnant l'espoir d'obtenir une explication sensée.

Il traîna les deux élèves vers le car où les autres avaient déjà repris place.

– Et ne vous écartez plus du groupe, ajouta-t-il. Vous ne soupçonnez pas tout ce qui peut vous arriver : le monde est très dangereux, de nos jours.

– Oui, monsieur, répondirent les collégiens. Excusez-nous.

Lili fit un clin d'œil à Virgile dans le dos du professeur. Personne ne savait mieux qu'eux ce qu'était le danger. Ils avaient affronté des choses que la plupart des adultes ne pouvaient même pas imaginer.

Ils montèrent dans le bus sous les sifflets des autres élèves, ce que Virgile trouva franchement immature.

– Qu'est-ce que tu faisais avec lui ? demanda la fille à côté de laquelle Lili s'installa.

– C'est un de mes amis, répondit Lili. Il est très intéressant, tu verras : avec lui, on ne s'ennuie jamais.

Virgile essaya de ne pas sourire trop largement et il reprit sa place alors que le bus s'ébranlait.

Mahaut lui jeta un regard noir depuis l'autre côté de l'allée et il lui fit un salut de la main.

Elle sembla hésiter à lui parler. Après tout, la connaissant, elle avait dû le suivre jusqu'aux caravanes, tout ça pour s'apercevoir qu'il avait disparu. Elle garda le silence et se tourna vers sa voisine, faisant comme si son frère n'existait pas.

Virgile était sûr que cette classe de mer allait être fantastique, finalement !

L'Étrange Cas du docteur Jekyll et de M. Hyde

L'Étrange Cas du docteur Jekyll et de M. Hyde a été écrit en 1886 par Robert Louis Stevenson, l'auteur du non moins célèbre roman *L'Île au trésor*. C'est un livre très court, mais qui a connu un immense succès, à tel point que lorsqu'on parle de double personnalité, on pense immédiatement aux noms Jekyll et Hyde.

Le roman fut adapté un grand nombre de fois dans toutes sortes de formats et dans beaucoup de pays. Le film avec Julia Roberts, dont Virgile se souvient (*Mary Reilly*, réalisé par Stephen Frears), est tiré d'un roman de Valérie Martin qui raconte l'histoire du docteur Jekyll du point de vue d'une domestique.

On retrouve régulièrement le personnage de Jekyll et de son double maléfique dans des séries télévisées, des jeux vidéo ou des chansons...

Récemment, il y a même eu un *webtoon*[2] coréen, adapté en 2016 pour la télévision, sous le titre *Hyde, Jekyll et moi*.

Pour Stevenson, Jekyll devait se prononcer « je », comme en français, et « kill », comme « tuer » en anglais. Ainsi, le nom évoquait le désir du docteur de supprimer une partie de lui-même qu'il voulait garder cachée, le fameux M. Hyde, dont le nom vient de *hide*, qui signifie justement « cacher » en anglais. Mais dès les premières adaptations cinématographiques, le nom fut prononcé « Jékill » et cette prononciation est restée.

Au départ, Jekyll cherche à comprendre, à isoler et même à se débarrasser de la partie sombre de lui-même, celle qui contrôle ses mauvaises actions. Mais, fasciné par elle, il la laisse grandir, jusqu'à ce qu'elle devienne plus forte que lui-même.

À la fin du roman, le docteur Jekyll disparaît, absorbé par M. Hyde.

---

2. *Manhwa* (équivalent sud-coréen du manga) publié en ligne.

L'histoire de Jekyll et Hyde est souvent associée au mythe du loup-garou, d'autant plus que M. Hyde émerge en général la nuit. Le meurtre qu'il commet est même accompli alors qu'il est éclairé par la pleine lune. Mais la thèse du roman n'est pas qu'il y a un loup-garou parmi les hommes. C'est plutôt qu'un loup sommeille en chacun de nous.

N'est-ce pas là la chose la plus effrayante ? Le monstre n'est pas la créature qui se cache sous votre lit ou vient d'une autre planète. Il est déjà là, tapi à l'intérieur de vos amis, de vos parents… et de vous-même, attendant juste le bon moment pour se réveiller et faire des choses terrifiantes !

Retrouve Virgile dans de nouvelles aventures...

...avec Le Grand livre de l'horreur !

Dans le château de Dracula

Virgile est un véritable spécialiste des histoires d'horreur. Alors, quand une brocanteuse lui offre un mystérieux ouvrage intitulé *Le Grand Livre de l'Horreur*, il est fou de joie. Mais à peine a-t-il commencé sa lecture qu'il se retrouve transporté dans le château du plus célèbre des vampires : celui du comte Dracula !

Dans le laboratoire de Frankenstein

Mais quel est donc ce monstre hideux qui poursuit Virgile et Lili, sa camarade de classe ? Lorsqu'il comprend qu'il a été transporté dans l'histoire de *Frankenstein*, le jeune duo va devoir redoubler d'ingéniosité pour se tirer d'affaire !

Jurassic Park

Tous aux abris ! *Le Grand Livre de l'Horreur* a envoyé Virgile à Jurassic Park, un parc à thèmes peuplé de vrais dinosaures ! Au programme pour le jeune sauveur d'histoires : capture de vélociraptors affamés, course-poursuite avec un tyrannosaure de six mètres de haut et cascades en tous genres !

Conception graphique : Caroline Ancelot
Mise en page : Delphine Guéchot

Imprimé en France par Pollina S.A en février 2018 - 83515
Dépôt légal : mars 2018
Numéro d'édition : 22851
ISBN : 978-2-226-40157-1